Dados Internacionais de Catalogação na Publicação (CIP)
Angélica Ilacqua CRB-8/7057

Os bons amigos : uma aventura na floresta mágica / José de Castro ; ilustrações de André Cerino. -- São Paulo : Paulinas, 2023.
32 p. : il., color. (Coleção Sabor amizade)

ISBN 978-65-5808-219-4

1. Literatura infantojuvenil brasileira 2. Amizade 3. Solidariedade 4. Superação 5. Autoconhecimento I. Título II. Cerino, André III. Série

23-2118            CDD 028.5

Índice para catálogo sistemático:

1. Literatura infantojuvenil brasileira

1ª edição – 2023

| | |
|---:|:---|
| Direção-geral: | *Ágda França* |
| Editora responsável: | *Andréia Schweitzer* |
| Assistente de edição: | *Fabíola Medeiros* |
| Copidesque: | *Ana Cecilia Mari* |
| Revisão: | *Sandra Sinzato* |
| Gerente de produção: | *Felício Calegaro Neto* |
| Produção de arte: | *Elaine Alves* |
| Ilustrações: | *André Cerino* |

Nenhuma parte desta obra pode ser reproduzida ou transmitida por qualquer forma e/ou quaisquer meios (eletrônico ou mecânico, incluindo fotocópia e gravação) ou arquivada em qualquer sistema ou banco de dados sem permissão escrita da Editora. Direitos reservados.

Cadastre-se e receba nossas informações
www.paulinas.com.br
Telemarketing e SAC: 0800-7010081

**Paulinas**
Rua Dona Inácia Uchoa, 62
04110-020 – São Paulo – SP (Brasil)
📞 (11) 2125-3500
✉ editora@paulinas.com.br

© Pia Sociedade Filhas de São Paulo – São Paulo, 2023

JOSÉ DE CASTRO

# Os Bons Amigos
## UMA AVENTURA NA FLORESTA MÁGICA

ILUSTRAÇÕES
ANDRÉ CERINO

Paulinas

PARA MEUS FILHOS, MEUS NETOS E MINHAS NETAS.
PARA TODAS AS CRIANÇAS QUE APRECIAM HISTÓRIAS MÁGICAS.

N A FLORESTA MÁGICA, VIVIA UM MACHADO VELHO, MAS AINDA CHEIO DE ENERGIA. ELE ESTAVA CANSADO DE NÃO CORTAR NADA. QUERIA UM POUCO DE AVENTURA.

OLHOU PARA O LADO E VIU UM ROLO DE CORDA, QUE LHE PARECEU TRISTE. ENTÃO, PERGUNTOU:

– O QUE HÁ COM VOCÊ, AMIGA CORDA?

E A CORDA LHE DISSE:

– MINHA VIDA ESTÁ UM TÉDIO. NÃO APARECE NADA PARA EU AMARRAR.

ENTÃO, O MACHADO CONVIDOU-A PARA IR COM ELE EM BUSCA DE AVENTURAS.
E LÁ SE FORAM OS DOIS, ESTRADA AFORA.

LÁ NA FRENTE, ENCONTRARAM
UM MARTELO ABANDONADO.

O MACHADO CUMPRIMENTOU O MARTELO E PERGUNTOU
SE ELE TAMBÉM NÃO QUERIA IR ATRÁS DE AVENTURAS.

O MARTELO, CANSADO DE NÃO PREGAR NADA,
ANIMOU-SE E SEGUIU COM ELES.

CAMINHAVAM OS TRÊS EM SILÊNCIO.

MAIS À FRENTE, ENCONTRARAM UM SERROTE.

O SERROTE ESTAVA QUIETO E TRISTE, CANSADO DE NÃO SERRAR NADA.

O MACHADO PERGUNTOU-LHE SE QUERIA IR EM BUSCA DE AVENTURAS.

O SERROTE CONCORDOU, E OS QUATRO SEGUIRAM ESTRADA AFORA.

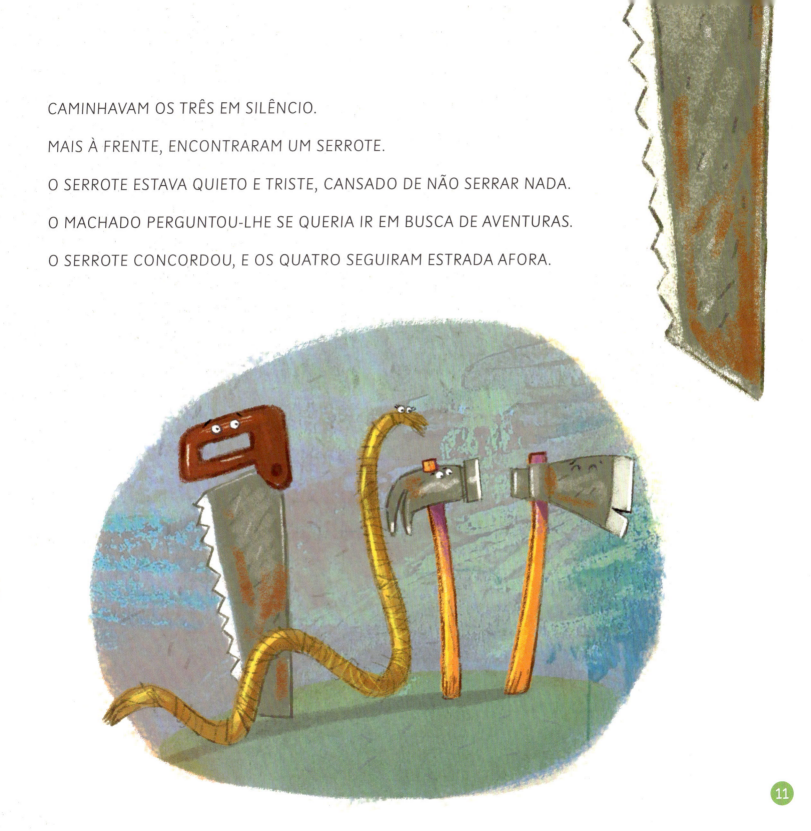

MAIS ADIANTE, ENCONTRARAM UMA CAIXA DE PREGOS DE VÁRIOS TAMANHOS. ALGUNS ERAM FINOS. OUTROS, GROSSOS. TINHA ATÉ UM PREGO TORTO E OUTRO ENFERRUJADO.

QUANDO ELES VIRAM O MARTELO, ARREGALARAM OS OLHOS. ESTAVAM CANSADOS DE NÃO PREGAR NADA.

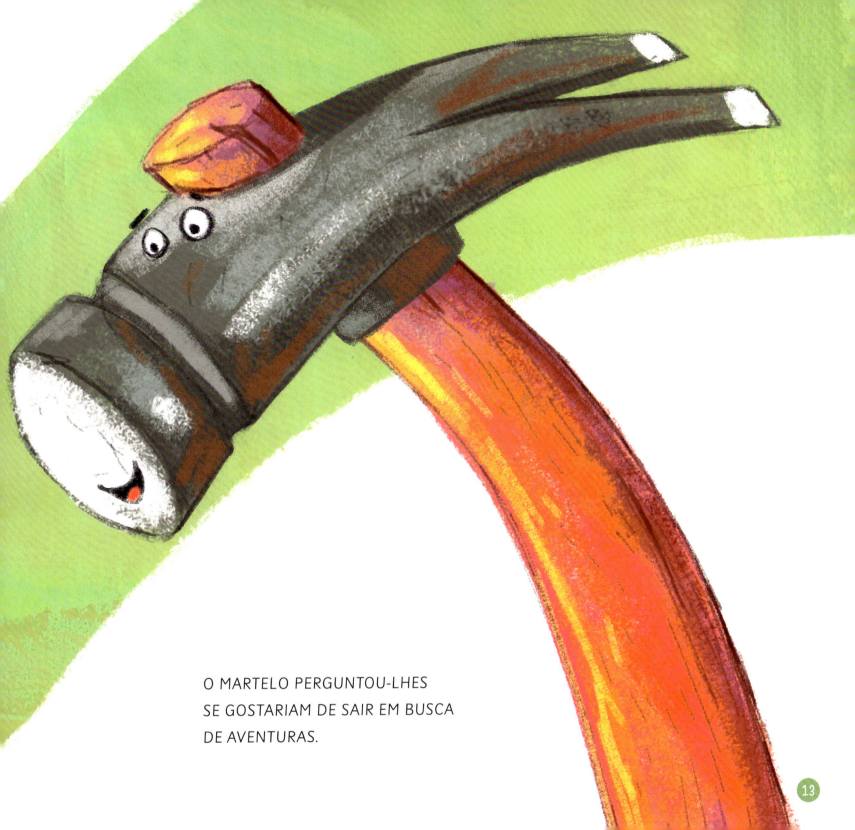

O MARTELO PERGUNTOU-LHES SE GOSTARIAM DE SAIR EM BUSCA DE AVENTURAS.

OS PREGOS DISSERAM "SIM" E PULARAM DE ALEGRIA, ALGUNS SE FINCANDO NO CHÃO.

E LÁ SE FORAM, PELA ESTRADA, O MACHADO, A CORDA, O MARTELO, O SERROTE E ALGUNS PREGOS.

IAM FELIZES DA VIDA, CANTANDO:

– NÓS SOMOS OS BONS AMIGOS
E SEGUIMOS VIDA AFORA,
NÃO TEMEMOS OS PERIGOS,
ESTAMOS JUNTOS AGORA,
NÓS SOMOS OS BONS AMIGOS,
SEGUIMOS ESTRADA AFORA.

– EU QUERO CORTAR – DIZIA O MACHADO.

– EU QUERO AMARRAR – DIZIA A CORDA.

– EU QUERO SERRAR – DIZIA O SERROTE.

– EU QUERO PREGAR – DIZIA O MARTELO.

E OS PREGOS RESPONDIAM:

– VAMOS JUNTOS TRABALHAR.

E SEGUIAM ESTRADA AFORA, FELIZES A CANTAR.

ADIANTE, ENCONTRARAM UM MENINO. SENTADO NUM TRONCO, ELE SOLUÇAVA.

O MACHADO, COM VOZ DE FERRO, PERGUNTOU:

– O QUE HOUVE, MENINO, POR QUE ESTÁ CHORANDO?

O MENINO LEVANTOU O ROSTO, ACHANDO UM POUCO ESTRANHO UM MACHADO CONVERSAR COM ELE. MAS, DEPOIS DE A BRUXA MALDÍVIA ENFEITIÇAR SEUS PAIS E SUA IRMÃ, NADA MAIS O ASSUSTAVA.

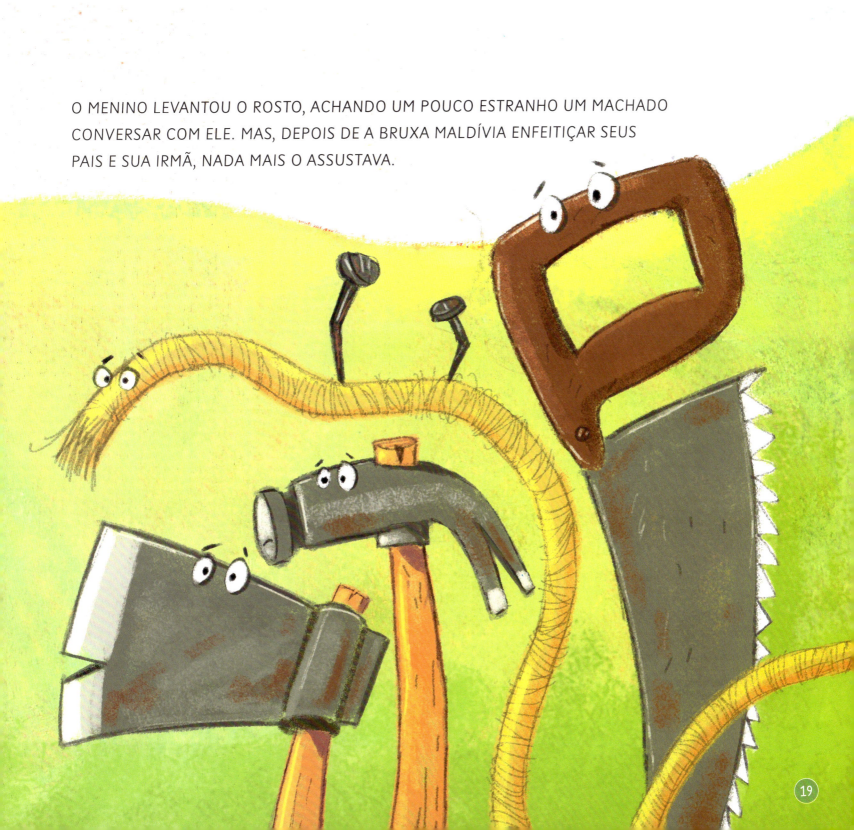

ENTÃO, FALOU NORMALMENTE COM O MACHADO:

– MINHA FAMÍLIA FOI LEVADA RIO ABAIXO POR UMA BRUXA,
ATÉ O CASTELO DA ILHA DAS ÁRVORES TORTAS.

O MACHADO OLHOU PARA OS AMIGOS. E ELES DISSERAM AO MESMO TEMPO:

– NÃO FIQUE TRISTE. NÓS O AJUDAREMOS A LIBERTAR SEUS PAIS!

– O QUE VOCÊ PRECISA AGORA É CONSTRUIR UMA CANOA – DISSE O SERROTE.

– E NÓS ESTAMOS AQUI PARA ISSO – DISSERAM O MARTELO E OS PREGOS, DANDO PULOS DE ALEGRIA.

– O TRONCO EM QUE VOCÊ ESTÁ SENTADO DARÁ UMA BELA CANOA... – DISSE O MACHADO. – MÃOS À OBRA.

O MENINO PEGOU O SERROTE E PÔS-SE A SERRAR. DEPOIS, COM O MACHADO, CORTOU ALGUNS GALHOS PARA FAZER OS REMOS. USAVA O MACHADO E O SERROTE, UM DE CADA VEZ.

EM SEGUIDA, CAVOU O TRONCO DA ÁRVORE, CORTOU DAQUI, SERROU DALI, E FEZ ALGUMAS TÁBUAS. COM O MARTELO E ALGUNS PREGOS, FABRICOU UM BANCO PARA COLOCAR NA CANOA.

NAS MÃOS DO MENINO, OS OBJETOS ADQUIRIAM VIDA. PARECIA ATÉ QUE ELES TRABALHAVAM SOZINHOS, COMO SE FOSSEM MÁGICOS.

EM POUCO TEMPO, UMA BELA CANOA ESTAVA PRONTA.

O MENINO AMARROU A CORDA NA PARTE FRONTAL DA CANOA
E PUXOU-A POR SOBRE ALGUNS TRONCOS, ATÉ CHEGAR
À MARGEM DO RIO DAS ÁGUAS AZUIS, ALI PERTO.

ENTÃO, ENTRARAM NA CANOA E DESCERAM RIO ABAIXO,
O MENINO, O MACHADO, A CORDA, O SERROTE E OS DOIS PREGOS
QUE HAVIAM SOBRADO: UM TORTO E O OUTRO ENFERRUJADO.

UMA LUA ENORME BRILHAVA NO CÉU, QUANDO ELES AVISTARAM A ILHA. A VISÃO ERA ASSUSTADORA!

ALGUM TEMPO DEPOIS, CHEGARAM À ILHA.

O MENINO, USANDO A CORDA, AMARROU A CANOA NUM TRONCO À MARGEM DO RIO E SEGUIU COM OS AMIGOS EM DIREÇÃO AO CASTELO.

O SERROTE SERROU O PORTÃO.

O MARTELO QUEBROU O CADEADO.

O MACHADO ARROMBOU A PORTA.

E ENTRARAM.

NUMA CELA ESCURA, ENCONTRARAM O PAI, A MÃE E A IRMÃ DO MENINO. ENTÃO, O MACHADO CORTOU A CORDA QUE OS PRENDIA E ELES SAÍRAM CORRENDO DO CASTELO.

A BRUXA NÃO CONSEGUIU SEGUI-LOS, FICOU PRESA À PORTA DO BANHEIRO PELOS DOIS PREGOS: O TORTO E O ENFERRUJADO.

ELES RAPIDAMENTE DESAMARRARAM A CANOA, RECOLHERAM A CORDA E PULARAM PARA DENTRO. REMARAM A NOITE TODA.

AO NASCER DO SOL, CHEGARAM EM CASA. A FAMÍLIA ESTAVA OUTRA VEZ UNIDA.

O PAI FICOU FELIZ PELOS NOVOS AMIGOS QUE AJUDARAM SEU FILHO A LIBERTÁ-LOS DA BRUXA. JUNTOS, ABRIRAM UMA MARCENARIA PARA FABRICAR MÓVEIS PARA O POVO DA REGIÃO.

ÀS VEZES, O MENINO E A MENINA BRINCAM DE PULAR CORDA, E, PARA ISSO, USAM A AMIGA, QUE AGORA SE SENTE REALIZADA.

ELES GOSTAM DE SE REUNIR, À LUZ DO LUAR, PARA CONTAR HISTÓRIAS.

O MENINO APRENDEU QUE, UNIDOS, ELES ERAM MAIS FORTES E QUE AMIGOS SÃO SEMPRE MUITO IMPORTANTES NA VIDA, MESMO QUE ESSES AMIGOS SEJAM UM MACHADO, UMA CORDA, UM SERROTE, UM MARTELO E ALGUNS PREGOS.